はじめに

この文章を書いている二〇二二年十二月現在、我が家には五匹の猫がいる。「五匹!?」って驚かれることもあるけれど、多いときには十一匹いたこともあるので、体感としては「猫、減っちゃったな……。静かだな……」というほうが近い。

二〇〇〇年の結婚以来、猫を保護したり、預かったり、譲渡したり、看取ったり、をくり返して、たいていの人よりはたくさんの猫と関わってきた。そんな生活の中で短歌と出会ったので、必然的に猫にまつわる短歌がたくさんできてしまう。そして、今後も猫とは関わり続けるつもりだから、これからもでき続けるであろう。そう思ったとき「猫歌人」を名乗ろうと決めた。本書では、そうした猫との生活の中で、どうしようもなく生まれてきた短歌の中から厳選した作品を五十音順に並べている。

「なぜ、五十音順?」と思われるかもしれない。

「本」は、「前から順に読む」という特性上、無意識的に連続性を帯びてしまう装置だと思っている。そういう装置に短歌を掲載するときって、一般的には「章立て」だったり、「タイトル」だったり、「連作」だったり、という工夫がなされるのだけれど、僕の中の何者かが「それは、本末転倒なのでは？」とささやく。

短歌は、一首ずつ、作っている。遠くの人にも届くように、一首で独立して意味がわかるように、と腐心している。

だったら、作ったときの気持ちのままを届けたいのが、人情というもの。「本」という装置の中で、それぞれの短歌が「一首」として存在できる形を模索して、模索して、たどり着いたのが「五十音順」というわけである。……と、自分でたどり着いたように感じていたけれど、（同じ理由かどうかは定かではないが）五十音順の短歌集、ちゃんと先例もあるので、ちょっと心強い。

どこから読んでも、だいじょうぶ。

猫のように気ままに、読んだり、あるいは読まなかったりしてもらいたい。

いい人と思われそうでも　まあ　いいや　いまから猫のはなしをします

『猫のいる家に帰りたい』（辰巳出版）より

猫たちのこと

ゴマ
（年齢不明　メス）
長く地域猫だったが、健康状態を理由に保護。

いわ
（年齢不明　オス）
長年我が家近辺で君臨していたボス猫を保護。

きり
（十六歳　オス）
近所のゴミ収集所で保護。最年長にして子分肌。

ふく
（十歳　メス）
庭で保護。十歳で最年少とは高齢化社会の我が家。

てん
（十一歳　メス）
保護後、実家に譲渡。母の他界を機に我が家へ。

現在（二〇二二年十二月）、我が家にいる猫は五匹。みんな庭に迷い込んできたり、ゴミ収集所に置き去りにされていたりして、保護した猫。本書には、このページに登場していない猫の短歌や写真も出てきますが、里親さんに譲渡したり、一時的に預かったりした猫も含めて、みんなこれまでに我が家と縁があった猫たちです。（外の猫を除く）

目次

あ

愛を知りたいなら猫を飼いましょう　それでダメならもう知りません

遊んでは寝る　食べて寝る　出して寝る　寝て起きるのが子猫の
しごと

雨の日は猫が静かで雨の日はいつか来る日の我が家みたいだ

『猫びより』（辰巳出版）より

(い)

生きようとしている猫を看るうちにゆっくり覚悟ができてしまった

いくつもの他の病院を通りすぎ猫と僕らの病院へいく

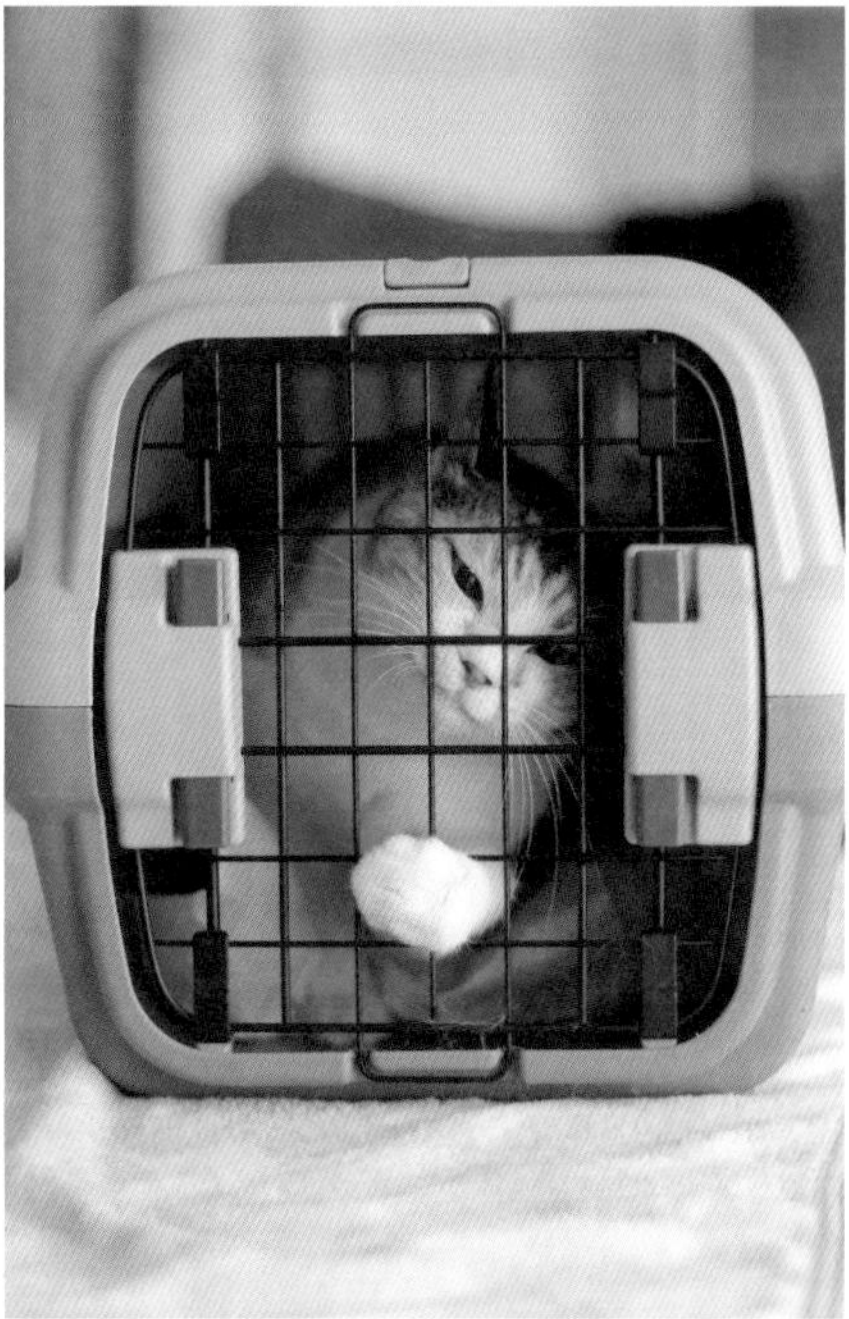

今したいことしかしない猫といて僕もあしたを心配しない

『ねこのきもち』
（ベネッセコーポレーション）より

う

うれしさを隠しきれない猫といる　不調も隠さず教えてほしい

運命の猫との出会いはプライスレス　値札は付いているはずがない

え

液体と言われる猫のからだほど柔軟じゃない頑固さも猫

お

大きくておっとりしてておおらかでおっちょこちょいな猫は
ほぼオス

置き去りにされた子猫が老猫と呼ばれる歳になる十五年

愚かしい人間どもが「猫の手も借りたい」などとのたまっている

いわのこと

「いわ」は、もともと我が家近辺を仕切っていたボス猫だった、というのが、僕の見立てだ。あの面構えでボス猫じゃないなら、真のボス猫ってどんな顔してんだよ、というくらい「ボス猫顔」なのだ。

外猫時代のいわは、玄関に居座り、宅配便のお兄さんやお隣さんを「シャーッ」と威嚇していた。（頼むからやめてくれ）

よそからきた猫を追いかけ回し、身体にはケンカ傷が絶えなかった。でも、その一方で、迷い込んできた子猫や弱った猫にはとても寛容だったし、僕には、とても甘えん坊だった。（妻はときどき威嚇されていた）

いろいろな状況が重なって、いわを家に入れることにしたのだけれど、それは一大決心だった。長年、外猫として暮らしてきた暴れん坊が、果たして家に馴染

門番をする猫。

外猫時代のいわ。今よりずっと顔がでかい。

むのか……。

　猫は、わからない。

　いわを家に入れる前は、自宅での取材・撮影はすべて断っていた。結構な田舎である我が家までご足労をいただいて猫が一匹も出てこない、なんて、僕の気持ちが耐えられそうにないからだ。

　今や、いわは来客があっても隠れることもなく「んがー」と鳴いて迎えてくれる、我が家で唯一の猫だ。いわのおかげで、自宅での取材も受けられるようになった。

　まったく、猫は、わからない。

か

飼い主が猫に望んでよいことはもはや長生きだけであること

帰るたび「どなたですか？」と嗅ぎにくる猫と十年暮らしています

『猫のいる家に帰りたい』
（辰巳出版）より

仮の名を呼びなれた頃もらい手が決まって猫の名だけが残る

き

きのうまで食べてたエサをきょうは無視　猫の心と秋の空です

キャットタワー最上段へと駆け上がる猫に理屈もためらいもない

きょう嘘をつけない猫に初めてで最後の嘘をついてしまった

く

クイックルワイパーをすぐかけ終わる　じゃれる子猫がもういない
から

暮らしたら「猫ってこんな性格」と言えなくなるほど十猫十色

け

毛の色で猫のことを知ろうだなんて血液型別占いみたい

元気ならなんだっていい　元気なら　猫を見るたびそう思ってる

原稿を書こうとすると猫が来てキーボードを枕に寝るのです

こ

子猫から（危なくてかつ尊くて　どちらの意味でも）目がはなせない

この家は（カリカリをかむ　ツメをとぐ　猫砂をほる）いい音
がする

『三十一筆箋　猫』より

これだけの猫と暮らしてきてもなお予測できないことをする猫

くうのこと

「くう」は、我が家で初めて保護した子猫だった。まだ大阪にいた頃、住んでいたマンションの前に捨てられていた。生後一週間くらい。近くに水が置いてあったので、人間に捨てられていたのだ。隣には兄弟と見られる子猫もいたけれど、もう息絶えていた。申し訳なさと情けなさとやるせなさと、でも生きている方の子猫をなんとかしなければならない気持ちとで、いっぱいいっぱいだった。

くうは、当時我が家にいた先住猫の「ミルキー」にたくさん怒られながら、すくすく育っていった。

くう以降、保護したり、預かったりして、たくさんの猫と関わってきたけれど、子猫時代のくうほど元気（と表現するには、もったいないくらいの暴れっぷりだった）な猫は、いまだにお目にかかれない。

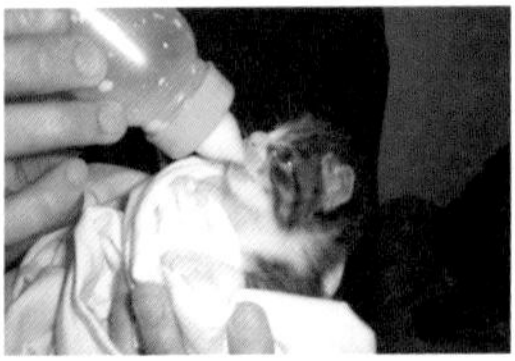
保護当時。小さい。

暴れん坊だった子猫時代。

猛ダッシュで頭から壁にぶつかることが日常だった。借家だったマンションの壁をよじ登ったり、駆け上がったりするので（いくらペット可でもさすがに限度があるだろうと）登れそうな箇所は、すべてダンボールで養生した。

そんな暴れん坊も、二歳になった頃、急に落ち着いた。浦島太郎が玉手箱を開けたのか思うくらい、いきなりおじいちゃんになったみたいに落ち着いた。その後、くうは、十九歳と本当のおじいちゃんになるまで長生きしてくれた。長生きは飼い主孝行だと思う。

さ

最後まで優しい猫に看病と覚悟ができる時間をもらう

さっきまで喉を鳴らしていた猫がいま全力で僕の手を噛む

さびしさはうれしさのはず　里親に子猫を届け終わった夜の

し

幸せは前借りでありその猫を看取ってやっと返済できる

『これから猫を飼う人に伝えたい11のこと』
（辰巳出版）より

知っている　あなたはいつか猫を飼う　むろんいつかはきょうだっていい

す

スーパーのカートに猫のカリカリを積んでる人を同志と思う

好きなのは私が猫を思うとき猫は私を思わぬところ

せ

生前の猫の写真を眺めてる　サイダーをまたサイダーで割る

西暦二二二二年の猫好きのはしゃぎっぷりが思いやられる

背中っていうか背骨をなでている　もう長くない猫をひなたで

そ

そういえば猫を選んだことがない　選ばれてるって感じもしない

「走馬灯用」と名付けた歴代の猫の写真のフォルダを作る

粗相してしまう猫がいるこの家のあきらめてきた匂いが好きだ

しぐれのこと

「しぐれ」は、毛色の「白とグレー」を略した名前だ。大阪にいた頃、植え込みで鳴いていたのを保護した。

しぐれは、天真爛漫で、太陽みたいな猫だった。毎日が新しく、常にその日この世に生を受けたかのような振る舞いで、愛嬌があった。

しぐれは、脱走したことがある。

大阪を離れ、妻の実家に一時的に身を寄せていたときだ。妻の実家は田舎の一軒家で部屋数も多く、広かった。僕らは二階の一室を間借りしていた。

あるとき、外から「にい、にい」と猫の鳴き声が聞こえてきた。見ると、しぐれがベランダで「お願いだから中に入れて」みたいに鳴いているではないか。

「え？　なんで？」と、あわてて家に入れた。二階の窓が全部しまっていること確認して、仕事に戻る。

保護当時。外での暮らしが長かったのか、すごく汚れていた。

しばらくしたら、また外から鳴き声がする。混乱したまま、抱き上げて家に入れた。いったいどこから出てるんだ？

　家に入れると、しぐれは一目散にどこかへ向かっていく。今度は見失わないようについていくと、一階に窓がほんの少し開いている場所があった。どうもそこから脱走し、庭の木をつたって二階に登ってきていたらしい。

　外に出て、すぐに「入れて」と懇願するなら、なぜ脱走するのか。

　動機がわからなすぎるのが、しぐれのしぐれたる所以でもある。

た

ただ眠いだけなのにやや神々しい　朝日の中でしかめつらの猫

だめな日はだめなままでもいいような　雨の日の猫をみてごらんなさい

ち

縮んだり伸びたり丸まったり　猫は寒暖計として勤勉だ

「忠犬」という語があるが「忠猫」という語はなくてめでたしめでたし

チョコ　アワビ　アロマ用オイル　チューリップ　ユリなど
猫には危険が多い

つ

つかまえて手術して元いた場所に戻すと地域猫が生まれる

爪とぎできれいに爪をとぐ猫の爪を切るのが僕の役割

て

「出ないよりいいよ」と粗相をした猫に（あるいは自分に）
言い聞かせてる

手のひらで掬うみたいに抱き上げた猫に救われてたのは僕だ

『三十一筆箋　猫』より

電池切れみたいに急に変な場所、変な姿勢で子猫は眠る

と

ドアノブが縦のまんまだ　開けられる猫は我が家にもういないのに

当然のことを子猫に言う　「おまえ寝ているときは静かなのにね」

『三十一筆箋　猫猫』より

どかしてもどかしてもまた乗る猫はどかされるのがまた乗る理由

てんのこと

「てん」は、生後約二週間くらいの授乳期に保護した猫だ。全身が薄いクリーム色で、猫というよりもイタチ科の「テン」のような風貌だったので「てん」と名付けた。

ところが、てんは成長するごとに毛色が濃くなり、柄もはっきりとしてきて、子猫の頃とはまるで別の猫のようになってしまった。今となってはイタチ科のテンとは似ても似つかない風貌で、名前の由来を説明するのもひと苦労だ。

てんは、約三カ月間、我が家で過ごした後、ちょうどその頃、猫を迎えたい、と考えていた僕の母に譲渡した。

てんに関しては、子猫の頃からできるだけ人に会わせるように心がけていた。その甲斐があって、人の出

保護当時。全身薄いクリーム色でしょう？

少し柄がはっきりしてきて、やや猫らしくなった。

入りが多かった実家でもまったく人見知りをしないアイドル的な存在だった。

六年後、母の他界を機に、我が家に戻ってきたてん。人間の都合で、行ったり来たりさせてしまって申し訳ない。

戻ってきたてんのことを、どういうわけかすごく目の敵にする「きり」のせいで、てんは我が家の二階で過ごすことになっている。子猫の頃は仲良しだったのに。猫の相性は、本当によくわからない。

てんは、きょうも二階の仕事部屋で、パソコンのディスプレイの前に鎮座して、原稿を書く邪魔をしている。

すっかり別の猫みたいな柄になってしまった。

な

なぜ猫を愛するように人間を愛せないのかよくわからない

名を呼ぶと尻尾で答える猫がいる　妻を呼んでも答えちゃうけど

『猫のいる家に帰りたい』
（辰巳出版）より

何歳かわからない老猫といる　平穏な日は平凡じゃない

に

肉球を押したら爪が出る猫も能があるので隠しています

二歳児と猫の知能は同じくらい？　なるほど　ずっと魔の二歳児か

「人間で言うと何歳」とか知らん　猫と過ごした日々がすべてだ

ぬ

「ぬこ」という呼び名はあまり好きじゃない　猫には猫の尊厳がある

ぬばたまの老いた黒猫の毛の中に見つけた白髪に「あはれ」を思う

ね

猫が逝く　「もういない」という感覚があり続ける未来を生きていく

猫はいる　悲しいときにそばにいる　悲しくないときにもそばにいる

『弦』49号（弦短歌会）より

猫を飼う前に愛だの恋だのにうつつを抜かしといてよかった

(の)

残された者になるのを前提に猫との日々を楽しんでいる

なつめのこと

「なつめ」は、吾輩と言いそうな顔だから、『吾輩は猫である』の作者、夏目漱石から拝借して「なつめ」と名付けられた……ということになっているけれど、実は名付けたのは僕でも、妻でもない。

なつめは、一時的に妻の実家の二階に住まわせてもらっているときに保護した猫だ。駅前のバスロータリーをチョロチョロと走り回っていた子猫を、保護して連れて帰った。

当初、なつめには皮膚疾患があり、他の猫に伝染る可能性があったので、一階の部屋に隔離していた。

子猫は、かわいい。どのくらいかわいいか。

ある日、妻の母、つまり僕にとっての義母が、まだ名前のない子猫のことを「なつや、なつ、ほら、こっちおいで」と呼んでいるではないか。

保護当時。

「お義母さん、『なつ』ってなんですか？」と聞くと、義母はこともなげに「だって、この子、『吾輩』って言い出しそうじゃない？　ヒゲ面だし。だから『なつめ』の『なつ』って呼んでるのよ」と答えた。

そう。子猫は、思わず名前を付けてしまうほど、かわいいのだ。

それは仕方のないことだし、何よりすごくいい名前だったので、そのまま「なつめ」という名前になった。

つまり、「なつめ」の名付け親は、義母なのだ。

は

春らしい構図で猫が寝ています　きょうは気温が上がるそうです

晩年は猫とのんびり暮らしたい　今との違いはよくわからない

ひ

ひとおり呆れたらさあ諦めて　そこからが猫との暮らしです

百均のお玉は猫のオシッコを採取するとき使うと便利

病院で呼ばれて気づく　ミーは「ミルマスカラス」という名の猫
だった

ふ

ブームだと騒がれるたび　なぜだろう　猫にあやまりたくなって
いる

不満げにエサを見つめていた猫がこれぞ「渋々」という顔で食う

冬が冬らしくなるから猫が猫らしくなってるストーブの前

へ

ヘソなんて見えないけれどあお向けで寝ている猫を「ヘソ天」という

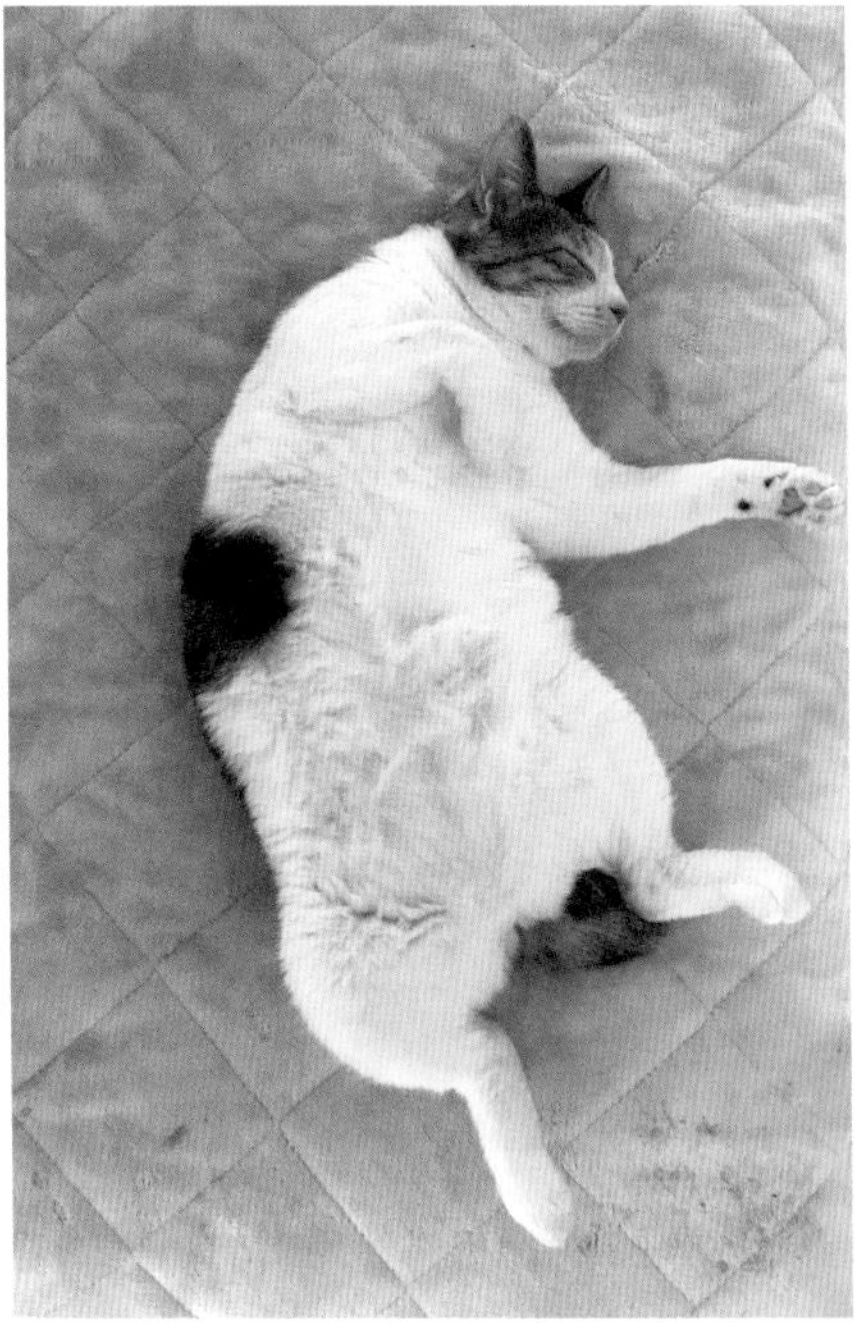

下手だった食べかた　じゃれかた　甘えかた　長生きしかたも下手
だった猫

僕が生きづらい世界で猫は生きやすいだろうか　投票に行く

僕と寝る猫は布団も体温も枕も奪い気持ちよさそう

『三十一筆箋　猫』より

星空と猫は似ている　眺めたらなんか悩みもないものになる

『三十一筆箋　猫猫』より

ぼうのこと

「ぼう」は、ボロボロだった。

うちの庭にたどり着いたときは、顔の右半分に大きなケガをしていて、かさぶたに覆われていた。身体はガリガリというよりペラペラで、ヨタヨタと歩いていた。

不謹慎かもしれないけれど、せっかく縁があったのだから、最後くらい看取ってあげよう、という気持ちで病院に連れて行った。

治療をして、血液検査をしたら、猫白血病と猫エイズ両方が陽性だった。病院で「この子、名前は？」と聞かれたけれど、何も考えていなかったので「じゃあ、ボロボロなので『ぼう』ちゃんで」と、ひどく適当に名付けてしまった。すぐ亡くなってしまうかもしれない猫に、思い入れのある名前なんて、なかなか付けら

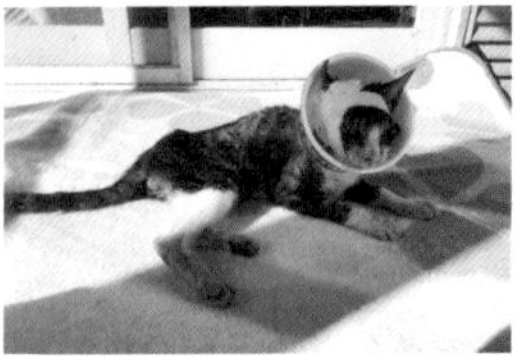

うちの庭にきた当初。ペラペラだった。

れないよ……。

どっこい、ぼうは、強かった。

顔のケガもすっかりよくなって、体重も保護したときの倍以上に増えた。天真爛漫で、とても気のいい猫だった。

一度、危篤に近い状態になったとき、正直もうダメだろうと思いつつも、少しでも呼吸が楽になれば、と、酸素ハウスをレンタルした。すると、あんなに荒かった呼吸が落ち着いて、みるみる回復したのだ。そんなことあるんだ……と、思った。

保護から約三年後、最期もとても穏やかだったので、ぼうに関しては、思い出してもあまり悲しくならない。

ま

「まあ、いっか」　猫と暮らしている人に効く呪文です　お納めください

マイカーの屋根で寝ている猫がいてきょうは在宅勤務日とする

『三十一筆箋　猫猫』より

マグロ味ではなくカツオ味を選ぶ猫缶　なぜか僕の好みで

マタタビという名のヤクをキメているネコを眺めるバイニンのオレ

み

「三毛猫に似合うオノマトペ大賞」は「しゃなりしゃなり」に決定しました

看取るまでじゃなくそこから立ち直るまでが「猫を飼う」っていう
こと

『バッテラ』10号より

耳先のV字カットは不妊去勢手術が済んだ猫の目印

む

報われない愛はせつない　もう二度と猫のおもちゃに奮発しない

難しい顔で画面を見つめてる猫で仕事が遅れています

め

めくったら猫が寝ていて踏みそうになる　完全に潜るの禁止

めんどくさそうな顔してひざに乗る猫よ　別に頼んでないけど？

もう割と寝てばっかりの猫なのにときどき圧倒的に命だ

『弦』49号（弦短歌会）より

黙々と作業したい日　黙々とすべての猫のトイレを洗う

ミルキーのこと

「ミルキー」は、妻が結婚前から飼っていた猫だった。妻は生まれたときからずっと複数の猫と暮らしてきた人で、僕よりもよほど年季の入った猫好きなのだ。その妻が授乳期から育てたのがミルキーで、結婚時に一緒に連れてきたのだ。つまり我が家には最初から猫がいて、その最初の猫がミルキー、ということになる。

ミルキーは、ひと言でいうと「女帝」だった。当初は、妻を側近として、僕は下僕どころか完全にいないものとして振る舞われていた。

その後、我が家にきた猫たちにも、ミルキーは毅然としていた。面倒見はいいのだけれど、あなたたちとは違う、みたいな空気を醸し出していた。たぶんこの家の「あるじ」みたいな気持ちだったのだと思う。

お客さんには愛想がよくて、みんなにかわいがられ

ていた。「あるじ」なのでもてなさなければ、と思っていたのだろう。

増え続けた我が家の猫たちの秩序が、ミルキーのおかげで保たれていたのだ、と気づくのは、ミルキーが亡くなってからだ。亡くなった直後から、これまで仲の良かった猫同士が険悪になったのだ。おそらくミルキーが、他の猫たちに睨みをきかせて、些細な諍《いさか》いを抑えていたのだ、と思う。

猫の中にも、すごく「社会」がある。そんなことを教えてくれた猫だった。

妻のひざが好きだった。

や

やさしくてエサを譲っちゃう猫がいる　外では生きづらかっただろうな

痩せてきた猫が太っていた頃の写真をずっと眺めてしまう

ゆ

床に敷くジョイントマットは要注意　かじって食べる猫多発中

雪が降る　外のすべての猫たちに暖とご加護がありますように

『三十一筆箋　猫猫』より

雪の日に外を眺める猫の目に映る世界は白くて怖い

ゆすられて迷惑そうな老猫よ　もっと生きてる感じで寝てよ

よ

横たわる猫にまぶたを押し当ててホットアイマスクとして使う

四倍の重さになった元・子猫　子猫のように背を駆け上がる

ゆうのこと

「ゆう」は、我が家が初めて一時預かりボランティアとして預かった猫のうちの一匹だ。

「子猫の一時預かりをしてみませんか?」

かかりつけの動物病院の先生に声をかけられたのは、その年三匹目となる「わらび」を看取ったあとだった。

僕たちが、よほど気落ちしているように見えたのだろう。実際、相当こたえていた。子猫の世話で気忙しくしておくのもいいのではないか、と引き受けた。自分たちで保護することはあっても、預かったのは初めてのことだ。生後二カ月の子猫三匹。メス、メス、オス。「気がつくと子猫たちがそうなっていればいいな」ということで、仮の名前を「ゆう」(勇気)、「のん」(のん気)、「げん」(元気)とした。

預かり初日。手前から「げん」「ゆう」「のん」。

ゆう、のん、げんの三匹は、おそろしくにぎやかで、おそろしく愛らしく、おそろしく手を取られた。そして、僕らは、その無邪気さや生命力に、間違いなく救われていた。

悲しみは決して消えないのだけれど、「猫でしか埋まらない何か」が埋まっていく気がした。

それ以来、年に一回から二回、子猫の一時預かりを継続している。

遊びに来た姪《めい》っ子には「子猫の一時預かりってさぁ、なんか、いいとこ取りだよね」などと言われながら。

現在は里親さん宅で「にあ」という名前でかわいがられている。

ら

来世でも人として猫と暮らしたい　猫になりたいとは思わない

来年はいい年になれ　いい年の定義は猫が減らないことだ

り

力説をしているように鳴く猫の話をちゃんと聞くだけは聞く

リモコンはちゃんとしまって　猫が踏みエアコンを切ることがある
ので

る

涙腺が加齢と猫に弱らされなにもなくても泣いてばかりだ

留守番が嫌いな猫に非難するように鳴かれて泣きたい夜だ

“Look at me!”と子猫がじゃれている途中で僕を何回も見る

れ

冷静を装っている猫だけど尻尾は嘘をつけないらしい

レシートを丸めた玉がＡｍａｚｏｎで人気のおもちゃより好きな猫

ろ

老猫《ろうびょう》が寝ている　息をしているか　ついついお腹のうごきを見ちゃう

路地裏は猫がいそうなところが好き　いそうでいるとにやけてしまう

「ロンロン」は猫の喉が鳴る音のこと　フランスではそう聞こえる
らしい

「らいさま」は、預かるその日までどんな猫なのか、まったくの謎だった。

　よく行くカフェで食事をした帰りがけに、オーナー夫人（猫好き）から「お客さまで子猫を保護するかもしれない人がいて、でも受け入れ先がなくて、もし保護できたら、仁尾さんのところで受け入れられる？　他にもいくつか当たっているんだけど……」という話を聞いた。なんとなく口ぶりから「うちは他で見つからなかったときの保険みたいな感じかな」と、軽い気持ちで「だいじょうぶですよ」と答えた。

　後で詳細を聞くと、保護主さんがたまたま通りがかった資材置き場で子猫らしき声が聞こえたんだけど、姿は確認できない、と。もしかしたら親猫もいたり、子猫が複数匹いたりするかもしれないが、それは

顔が強い。

わからない、と。その資材置き場は、市の管轄で、事情を話し、捕獲器を置かせてもらえることになった、と。おお、子猫かどうかも、何匹なのかすらも、わからないのか……。

　数日後「捕獲器を置いたので、明朝に入っていれば連れて行きます」との連絡があった。おお、思いきり受け入れ先の第一候補だったのか……。

　翌朝、激しい雷雨の中、保護主さんたち四人が、我が家へやってきた。保護活動というのは、いつもこんな感じなのだろう。本当に頭が下がる。

　そうやって預かったのが、特徴的な柄の顔の子猫「らいさま」だった。

現在は里親さん宅で「かぶ」という名前でかわいがられている。

わ

わかっているのかわかっていないのか　わからないのが猫のいいところ

我が家では猫が机にある物を落とす行為を「ちょいちょい」と呼ぶ

を

「をし」は「いとおしい」「手放せない」の古語　ああ猫よをし

ああ猫よをし

ん

「んがー」と鳴く猫がいて「んがー」を聞きたくてまた背中をなでる

「わらび」は、歴代で一番賢い猫だった。体躯も大柄で、できることが多かった。

キッチンの引き出しを開けられるのは、わらびだけだった。キャットフードの入った引き出しをわらびが開けて、きりが食べ散らかす（わらびは、開けるのが楽しいだけで、あまり食べない、というのもまた憎らしい）ので、開けないようにチャイルドロックを付けた。

引き戸を開けてしまうのもわらびだった。洗面所から玄関に通じる引き戸を開けられてしまうと、脱走の危険性が増えるのだ。したがって、その引き戸は封鎖して、開かずの扉にした。我が家の動線は、利便性というよりも猫の安全性によって決まっていく。

取っ手に飛びついて、ドアを開けてしまうのもわら

保護当時。

びだけだった。これも人間が意図しない場所に、いつのまにか猫が入れてしまい、大変面倒くさいことになるので、本来横向きに付いている取っ手を縦向きに付け替えて、飛びついても開かないようにした。わらびがいた頃の僕らは、日々、わらびと知恵比べをしているようだった。

そのわらびが亡くなって、もう数年が経つ。

キッチンの引き出しのチャイルドロックは、邪魔だから外した。玄関に通じる引き戸は、開かずの扉のままだし、我が家のすべてのドアの取っ手は、いまだに縦向きに付いている。

なぜか子猫に絶大なる人気を誇っていた。

おわりに

既刊本『猫のいる家に帰りたい』『これから猫を飼う人に伝えたい11のこと』（ともに仁尾智・小泉さよ　辰巳出版）では、自ら「短歌集」とは謳《うた》わないようにしてきた。短歌とエッセイとイラストが、等分で構成されていて「短歌集」とは言いづらい本だったからだ。短歌集兼一筆箋という変なプロダクト『三十一筆箋　猫』『三十一筆箋　猫猫』は、私家版ではあるが、短歌集である。つまり、本書は「商業出版物としては、初めての短歌集」という位置づけになる。「第一歌集」と言ってしまっていいのかもしれない。

僕の中には「作品が届く」ということについて、明確な定義がある。それは「作品に触れた人が、別にしなくてもいいことをしてしまう」というものだ。

例えば、僕の短歌を読んで、短歌を作り始めたり、猫を飼い始めたりしてくれたら、すごく「届いている」と感じる。また、前述の既刊本に手を伸ばしてくれたりするのも、すばらしく「届いている」と感じるから、切実に、手を伸ばしてもらいたい。

生活が変わるような大それたことじゃなくても、全然いいのだ。

本書を読んだ誰かが、「別にしなくてもいいこと」を、できるだけたくさんしてくれますように。


届くとは遠いどこかのくす玉が僕のことばで割れる現象

仁尾 智

仁尾智　猫短歌集

いまから猫《ねこ》のはなしをします

２０２３年３月21日　初版第１刷発行

制作スタッフ
[装丁・本文デザイン]　木村由紀（MdN Design）
[写真]　仁尾智
小泉さよ（Ｐ１４６）
[編集長]　山口康夫
[担当編集]　加藤有香

[著者]　仁尾智
[発行人]　山口康夫
[発行]　株式会社エムディエヌコーポレーション
〒１０１-００５１
東京都千代田区神田神保町一丁目１０５番地
https://books.MdN.co.jp/
[発売]　株式会社インプレス
〒１０１-００５１
東京都千代田区神田神保町一丁目１０５番地
[印刷・製本]　中央精版印刷株式会社

定価はカバーに表示してあります。

【カスタマーセンター】
造本には万全を期しておりますが、万一、落丁・乱丁などがございましたら、送料小社負担にてお取り替えいたします。お手数ですが、カスタマーセンターまでご返送ください。

●落丁・乱丁本などのご返送先
〒１０１-００５１
東京都千代田区神田神保町一丁目１０５番地
株式会社エムディエヌコーポレーション
カスタマーセンター
ＴＥＬ：０３-４３３４-２９１５

●書店・販売店のご注文受付
株式会社インプレス　受注センター
ＴＥＬ：０４８-４４９-８０４０
ＦＡＸ：０４８-４４９-８０４１

●内容に関するお問い合わせ先
株式会社エムディエヌコーポレーション
カスタマーセンター メール窓口
info@MdN.co.jp
本書の内容に関するご質問は、Eメールのみの受付となります。メールの件名は「仁尾智　猫短歌集　いまから猫のはなしをします　質問係」とお書きください。電話やFAX、郵便でのご質問にはお答えできません。ご質問の内容によりましては、しばらくお時間をいただく場合がございます。また、本書の範囲を超えるご質問に関しましてはお答えいたしかねますので、あらかじめご了承ください。

ISBN 978-4-295-20497-8　C0092